DES OBLIGATIONS NON LIBÉRÉES

PORTÉE ET ÉTENDUE DES ENGAGEMENTS

DES SOUSCRIPTEURS ET ACQUÉREURS.

DROIT DU SYNDIC OU DU LIQUIDATEUR

EN CAS DE FAILLITE OU LIQUIDATION.

Par J. DE CHAUVERON

DOCTEUR EN DROIT

AVOCAT A LA COUR DE PARIS

PARIS

L. LAROSE ET FORCEL

Libraires-Éditeurs

22, RUE SOUFFLOT, 22

1889

DES OBLIGATIONS NON LIBÉRÉES

PORTÉE ET ÉTENDUE DES ENGAGEMENTS

DES SOUSCRIPTEURS ET ACQUÉREURS.

DROIT DU SYNDIC OU DU LIQUIDATEUR

EN CAS DE FAILLITE OU LIQUIDATION.

Par J. DE CHAUVERON

DOCTEUR EN DROIT

AVOCAT A LA COUR DE PARIS

PARIS

L. LAROSE ET FORCEL

Libraires-Éditeurs

22, RUE SOUFFLOT, 22

1889

DES OBLIGATIONS NON LIBÉRÉES.

Portée et étendue

DES ENGAGEMENTS DES SOUSCRIPTEURS ET ACQUÉREURS.

Droit du syndic ou du liquidateur

EN CAS DE FAILLITE OU LIQUIDATION.

On s'est beaucoup occupé, depuis quelques années surtout, des actions non libérées et des difficultés nombreuses que suscite l'application de la loi de 1867. Chose curieuse! les obligations non libérées, qui elles aussi peuvent pourtant donner naissance à toute une série de questions absolument analogues, ont été presque complètement laissées de côté.

Serait-ce par hasard que l'on ait pensé généralement que la législation qui concerne les premières, c'est-à-dire les actions non libérées, devait également, et par une extension toute naturelle, s'appliquer purement et simplement aux secondes, c'est-à-dire aux obligations? Ce serait dans tous les cas, une singulière erreur.

Mais, au lieu d'un parti pris ou d'une opinion arrêtée, n'y a-t-il pas là plutôt simplement une véritable omission, qui, pour extraordinaire qu'elle puisse paraître étant aussi générale, s'explique cependant par la prépondérance qui, au moins jusqu'à ces derniers temps, a été donnée aux actions dans la pratique des Sociétés, et aussi par quelques autres raisons diverses, inhérentes à la nature même de ces deux espèces de titres, et que nous expliquerons plus loin.

Quoi qu'il en soit, il n'est point indifférent de laisser sans les éclaircir les questions vraiment intéressantes que soulèvent les obligations non libérées et que la pratique récente de bon nombre de Sociétés, et non des moins importantes, qui ont de plus en plus recours pour augmenter les ressources sociales à ce mode essentiellement commode, surtout en l'absence de réglementation ou prohibitions, peut rendre de plus en plus nombreuses et de plus en plus générales.

Nous nous proposons donc de rechercher si l'analogie prétendue entre les deux espèces de titres est réelle, jusqu'à quel point peut être faite l'assimilation dans les règles à appliquer entre les actions et les obligations non libérées, et fixer en outre, si cela est possible, quelle est au juste l'étendue de l'engagement ou de l'obligation qui pèse sur les obligataires, porteurs de titres non libérés, dans les situations diverses que l'on peut pratiquement supposer.

Tout d'abord, qu'est-ce qu'une action? qu'est-ce qu'une obligation? A côté des ressemblances que l'on peut rencontrer dans ces deux espèces de titres, quelles sont les différences profondes qui les séparent nettement?

Toutes les notions que nous allons indiquer sont

évidemment connues et ne soulèvent guère de difficultés; mais il nous a paru indispensable de les grouper au début de cette étude, car elles forment pour ainsi dire le point de départ et la base de toutes les observations qui vont suivre.

Entre les actions et les obligations, deux classes de rapports peuvent être établis : les rapports de différence et les rapports de ressemblance, les premiers sont à la fois les plus nombreux et surtout les plus essentiels, ceux qui affectent plus profondément le titre action ou obligation, car ils touchent le fond même du droit afférent au titre ou en résultant, alors que les rapports de ressemblance n'ont trait en réalité qu'à la forme.

La différence, qui est primordiale, car c'est d'elle que naissent en partie les autres plus secondaires, c'est que l'action est une part d'associé et représente dans la société un droit de propriété, tandis que l'obligation est purement et simplement un droit de créance.

L'obligataire n'est qu'un prêteur, l'actionnaire est un associé, un co-propriétaire du fonds social.

De ce principe découlent les différences suivantes :

1° Pour qu'il y ait des actions, il faut supposer avant tout l'existence d'une société, pas d'actions sans une société préexistante.

Au contraire, l'existence d'une Société est indifférente pour la génération d'obligations, et si en effet, des obligations sont fréquemment émises par des sociétés, il en existe également un grand nombre qui ne leur doivent pas leur naissance; telles que les obligations d'Etat, de départements, de villes, etc. Les personnes morales, les corporations, voire même les particuliers, quelque singulière que la chose puisse paraître au premier abord en ce qui touche ces derniers, peuvent émettre des obligations.

2° Les actions, par le fait même qu'elles représentent des parts d'associés dans l'entreprise, sont soumises à ses fluctuations et à ses chances de gain et de perte, leur revenu ainsi proportionnel aux résultats obtenus est nécessairement variable, l'actionnaire n'a droit à un revenu que s'il y a un bénéfice.

L'obligataire a droit, au contraire, quels que soient la marche de l'entreprise et les résultats acquis, à un intérêt fixe, toujours le même, l'intérêt des sommes qu'il a prêtées.

3° En cas de liquidation de la Société, l'actionnaire propriétaire du fonds social a seul droit de figurer au partage de l'actif, mais ce partage ne peut avoir lieu que lorsque l'obligataire, créancier de la société, a reçu son remboursement total.

4° C'est à la Société qu'il appartient de savoir s'il est préférable d'amortir ses actions au fur et à mesure de sa marche; cet amortissement est facultatif; il est forcé pour les obligations.

Si l'amortissement a lieu pour les actions, il ne fait pas disparaître pour le titulaire de l'action ainsi remboursée la qualité d'associé; ce dernier continue de prendre part aux bénéfices réalisés au delà de l'intérêt payé aux actions remboursées, de même qu'il reste propriétaire du fonds social et figurera au partage lors de la liquidation.

Au contraire, l'obligataire remboursé n'existe plus; l'obligation disparaît totalement.

5° Les actionnaires, en leur qualité d'associés, prennent part à l'administration de la Société. Les obligataires simples créanciers n'ont aucun droit de s'y immiscer.

6° Le souscripteur d'actions d'une Société commerciale fait un acte de commerce et se rend passible, pour l'exécution de ses engagements, des Tribunaux consulaires.

Au contraire, l'engagement contracté par l'obligataire, quel que soit le caractère de la Société dont il souscrit les obligations, est purement civil.

Quant aux ressemblances, bien moins nombreuses que les différences, elles sont également moins essentielles.

L'action et l'obligation sont toutes les deux des valeurs mobilières; elles naissent à la vie à peu près de la même manière, au moyen d'une émission. Elles affectent l'une et l'autre généralement la même forme : celle d'un titre, soit nominatif, soit au porteur, muni de coupons.

Comme l'action l'obligation est indivisible, de la part de l'obligataire s'entend, elle est également cessible, elle se négocie à la Bourse dans des conditions identiques. Enfin, en cas de perte d'un titre, serait-ce action, serait-ce obligation, les mêmes règles sont applicables sans distinctions.

Si nous indiquons que l'obligation est bien moins ancienne que l'action, qu'elle a été d'abord pratiquée par les États, les villes, etc., avant de figurer parmi

les moyens de crédit employés par les Sociétés, qui
ne s'en sont servi qu'à l'exemple des personnes morales que nous venons de désigner, nous aurons ter-
miné le tableau des rapports de toutes natures qui
peuvent exister entre ces deux classes de titres, plus
d'une fois confondus par le vulgaire, mais qui sont
pourtant si dissemblables.

Ces caractères propres à chacun ainsi fixés d'une
façon positive, examinons les conséquences qui en découlent au point de vue de la question spéciale que
nous nous sommes proposé de résoudre et qui se for-
mule ainsi :

Quelle est au juste la portée et l'étendue de l'engagement du souscripteur d'obligations non libérées,
quels sont les droits que confère cet engagement entre
les mains de la Société qui l'a reçu ou de ses ayants-
droit?

Du droit applicable à la matière des obligations.

Tout d'abord il est un fait extraordinaire à signa-
ler, c'est que nos lois, aussi bien le Code civil ou de
commerce, que les lois spéciales sur les Sociétés, qui
s'étendent longuement sur les actions, sont absolument muettes en ce qui concerne les obligations. Seu-
les, quelques lois fiscales s'en sont occupées pour les
frapper de taxes diverses.

Dès lors la première question qui se pose n'est-elle
pas celle de savoir si c'est aux règles particulières aux
actions et dans les lois spéciales qui les régissent

qu'il faut rechercher une réglementation applicable aux obligations, réglementation que l'on extrairait par des raisons d'analogie; ou au contraire si c'est au droit commun seul qu'il faut avoir recours pour trancher une à une, sans établir aucune réglementation générale quelconque, les questions diverses qui peuvent naître successivement de l'existence et du fonctionnement des obligations?

Nous pensons que l'analogie est permise en ce qui touche les points secondaires que nous avons indiqués il y a un instant comme formant les rapports de ressemblance et qui touchent bien plus à la forme qu'au fond, les règles en effet qui s'y rapportent s'appliquent principalement au titre et non pas au droit qu'il représente, droit d'action, droit d'obligation, telles que la forme des titres, leur admissibilité, leur cessibilité, leur négociation à la Bourse, etc., dès lors comme les conditions des titres, actions ou obligations est la même à ces différents points de vue, pourquoi les règles seraient-elles différentes? mais là s'arrête l'analogie possible et pour toutes les questions qui affectent le droit lui-même découlant de l'obligation, c'est au droit commun et au droit commun seul qu'il faut recourir.

Droit des obligataires.

Les droits des obligataires sont très simples : ils résultent du cahier des charges de l'émission ou plus simplement du prospectus ou même de la convention.

Ils se résument en ces deux termes :

1° Toucher l'intérêt de l'obligation dans les conditions prévues et acceptées ;

2° Recevoir le remboursement de l'obligation également dans les termes stipulés au moment de l'émission.

Laissons de côté la question de savoir quel est au juste le droit pour l'obligataire lorsqu'un remboursement périodique ayant été prévu avec des chances de primes ou de lots, ce remboursement devient impossible du fait de la Compagnie, par suite de la mise en faillite, par exemple ou de la liquidation anticipée — notre question est tout autre — ce n'est point tant en effet les droits actifs qui résultent pour l'obligataire de la possession de son titre que nous voulons rechercher, que l'étendue des engagements qui en résultent lorsque l'obligation, au lieu d'être libérée intégralement au moment même de l'émission, n'a dû l'être que par des versements successifs et échelonnés dans une certaine période de temps.

Étendue des engagements afférents aux obligations non libérées.

Nous supposons donc que des obligations ont été émises moyennant un versement partiel, avec une succession de termes accordés au souscripteur pour la libération totale. Faisons observer, ce qui est une différence de plus entre l'action et l'obligation, que non seulement il peut être créé des obligations à un taux nominal quelconque, mais encore que le premier versement réclamé au moment de l'émission et à l'appui de la souscription peut être aussi réduit qu'il plaît à l'émetteur de le fixer, il pourrait même n'en être point exigé du tout, ce qui serait peu pratique ou même pas très logique, mais dans tous les cas parfaitement légal. Nous voilà donc en présence d'obligations non libérées, car nous supposons, en outre, que nous sommes encore dans la période des versements à effectuer. Quelles sont les questions qui peuvent naître de cette situation.

Nous allons voir qu'elles sont pour la plupart identiques à celles qui naissent pour les actions, mais que les solutions en sont presque toujours différentes, en tous les cas indépendantes, à tel point que lorsqu'on arrive parfois à des résultats identiques, c'est par des raisons différentes que l'on y parvient, et cela par le motif général que nous avons déjà signalé, que tandis que la plupart des questions qui naissent pour les actions non libérées trouvent leur solution dans les Codes aux chapitres des Sociétés ou dans les lois spéciales qui régissent cette matière, actuellement la loi de 1867, il faut absolument se garder de faire l'application par voie d'analogie, de ces dispositions aux questions qu'engendrent les obligations pour lesquelles, en l'absence de dispositions spéciales, le droit applicable n'est autre que le droit commun.

Tout d'abord une idée générale doit dominer l'examen de toutes ces questions : lorsqu'il s'agit d'actions non libérées, c'est l'esprit étroit des textes spéciaux qu'il faut appliquer strictement quels que soient les résultats auxquels on aboutit ou quelles que soient les clauses insérées dans les statuts pour les écarter, parce qu'à tort ou à raison le législateur a fait de la matière des actions, non pas seulement une matière spéciale, mais une matière d'ordre public, soumise sans qu'on y puisse déroger à toutes les prescriptions dans lesquelles il a cru devoir l'enfermer.

Il en est autrement des obligations. Les prescriptions rigoureuses spéciales, d'ordre public, ne peuvent en effet s'étendre; or, dans toutes les dispositions relatives aux Sociétés, il n'est point une seule fois question des obligations, elles ne sont donc pas frappées par ces dispositions : et tandis que les actions ne peuvent se mouvoir en dehors de la sphère qui leur est expressément délimitée et restent étroitement enserrées dans les liens de ce qu'on appelle l'ordre public, les obligations au contraire ne se réfèrent qu'au droit commun et jouissent du bénéfice de la liberté des conventions.

Ceci dit, examinons les diverses questions qui peuvent s'élever relativement aux obligations non libérées.

Qu'il soit d'abord entendu que si en parlant de celui qui a émis des obligations, nous l'indiquerons la plupart du temps, sinon toujours, en nous servant du mot Société, bien que toutes personnes morales ou autres puissent en émettre, c'est qu'il nous paraît plus commode de nous servir d'un seul terme et de prendre précisément celui-là, car c'est à propos des Sociétés que pourront naître plus facilement les difficultés dérivant de l'existence d'obligations. Ces

difficultés ont été rares à la vérité, jusqu'à aujour-
d'hui, de là vient très certainement qu'on s'est si
peu occupé des obligations non libérées.

Pourquoi ont-elles donc été si rares, alors qu'elles
étaient si nombreuses par les actions non libérées?
Nous avons déjà indiqué que cela tenait à des causes
diverses, les unes générales, les autres inhérentes
à la nature même du titre.

Parmi les premières, ne peut-on pas citer d'abord,
en faveur des obligations, l'absence de règles propres
ou de droit spécial; rien n'est au-dessus en effet du
droit commun comme simplicité et comme facilité
d'application; toute loi spéciale difficile d'abord à in-
terpréter, ce qui est bien le cas de celle de 1867 et
principalement de l'article 3, est en général encore
plus difficile à appliquer par suite de ses insuffisances
et du trouble même qu'elle apporte à l'harmonie de
nos codes.

En outre, tandis que l'action était l'instrument
actif des Sociétés, ces dernières ne faisaient jusqu'à
ce jour qu'un usage restreint des obligations.

Parmi les secondes causes on peut noter celle-ci,
c'est que l'obligation ne reste qu'un temps très court
entre sa création et sa libération totale. Tandis que
l'action demeure parfois durant une période très lon-
gue, souvent indéfinie dans l'état de libération par-
tielle, l'obligation voit toujours à l'avance ses termes
de libération déterminés, et espacés dans un intervalle de temps nécessairement restreint, car s'il importe peu la plupart du temps à une Société d'obtenir
sur ses actions le paiement du non versé qui n'est

dans bien des cas qu'un capital représentatif, ou ne devant servir qu'éventuellement, il n'en est jamais de même des versements à réclamer sur les obligations, car une Société qui emprunte ne le fait que par nécessité, et limite évidemment son emprunt aux sommes dont elle a besoin. De plus, par cette raison même que l'intervalle, qui sépare la libération totale de la souscription, est toujours très rapide, qu'en outre, pour qu'une Société puisse émettre utilement des obligations, il faut que son fonctionnement soit préexistant, qu'il ait déjà donné des résultats, qu'en un mot elle ait un crédit réel, il s'ensuit qu'il est presque impossible dans cette période si courte que la ruine ait eu le temps de succéder à la prospérité nécessaire au moment de l'émission, et donne lieu à cette débâcle grâce à laquelle, au milieu du sauve-qui-peut général, naissent presque toutes les questions qu'ont suscitées les actions non libérées.

Ces questions, en ce qui concerne les obligations, peuvent être divisées en deux catégories bien distinctes.

Les unes, ayant trait aux rapports des obligataires avec la Société elle-même durant son fonctionnement.

Les autres intéressant les rapports des obligataires avec les représentants de la Société, un syndic ou un liquidateur judiciaire, par exemple, lorsqu'ayant été déclarée en état de faillite ou mise en liquidation son fonctionnement normal aura pris fin.

Droits de la Société.

Dans la première catégorie figure : le droit que peut avoir la Société de poursuivre, à l'encontre du souscripteur et des porteurs successifs du titre, l'exécution de l'engagement pris par le souscripteur et qui peut se formuler et se décomposer ainsi :

1° La Société conserve-t-elle, dans tous les cas, le droit d'exiger du souscripteur, le paiement du non versé ?

2° A-t-elle, en outre, le droit de l'exiger également de tous porteurs intermédiaires ?

3° Peut-elle, enfin, à défaut de ce droit un peu général, s'adresser au porteur actuel ? Celui-ci doit-il être considéré comme tenu par le seul fait de la détention du titre ?

Passons rapidement sur ces questions qui ont été très discutées et très approfondies en ce qui concerne les actions et qui se présentent d'ailleurs beaucoup plus simplement pour les obligations par le fait de l'application pure et simple du droit commun au lieu et place du fameux article 3 de la loi de 1867.

Une distinction doit préalablement être faite. Les obligations sont-elles nominatives ou sont-elles au porteur ?

Nous savons qu'en matière d'obligation aucune règle n'est imposée sur ce point, et que contrairement à ce qui a lieu pour les actions, les obligations peuvent être au porteur, quelle que soit la somme versée. Il n'en reste pas moins vrai que la Société, qui émet des obligations, peut, en vue des garanties plus grandes qui résultent pour elles de titres nominatifs, stipuler que les obligations émises par elle resteront nominatives jusqu'à la libération totale.

Les obligations peuvent donc être nominatives ou au porteur.

Si elles sont nominatives, il nous paraît hors de doute qu'il faille résoudre affirmativement les diverses questions que nous venons d'énumérer.

S'agit-il du souscripteur, la Société pourra toujours lui réclamer le montant des versements à effectuer. Qu'importe qu'il ait vendu son titre? N'a-t-il pas pris, par sa souscription même, un engagement direct et formel, vis-à-vis de la société, d'accomplir aux termes fixés les versements convenus? Et la vente, qu'il a faite de son titre, a-t-elle eu pour effet de produire, à son profit, une novation par changement de débiteur? Il faudrait pour cela, soutenir que le transfert, reçu par la Société, contient acceptation expresse par elle du nouvel obligataire à la place de l'ancien. Or, pour pouvoir attribuer au transfert un pareil résultat, ne faudrait-il pas d'abord permettre à la Société de peser le degré de solvabilité du nouveau débiteur que l'on prétend substituer à l'ancien, et, par suite, lui reconnaître le droit d'accepter ou de refuser le transfert qui lui est proposé? Et il est bien certain que la Société n'a pas ce droit-là. L'opération est, en effet, toute différente. Ce transfert est avant tout une mesure d'ordre, il a lieu, quant au fond, entre le vendeur et l'acheteur, la Société ne fait que l'enregistrer, c'est en ce qui la concerne une mesure d'ordre ; il produit cependant à son égard un effet important : destiné à faire reconnaître par la Société le nouveau titulaire de l'obligation et des droits y afférents, il l'oblige du même coup et par voie de conséquence envers elle à toutes les charges qui en résultent, de telle sorte qu'impuissant à faire disparaître le premier débiteur, le transfert lui en adjoint un second ; mais ce n'est là qu'un effet nécessaire de la situation acquise, par le nouveau titulaire ; devenu créancier du montant de l'obligation au regard de la Société, il ne peut point être dispensé des charges qui ne sont que l'accessoire de sa créance.

C'est par ces divers effets du transfert, qui ne sont plus sérieusement discutés aujourd'hui, que se résout également la question en ce qui concerne les titulaires successifs de l'obligation, derniers titulaires ou titulaires intermédiaires.

Le transfert, avons-nous dit, crée au profit de la Société un nouveau débiteur, le cessionnaire au nom duquel le transfert est réclamé ; le transfert équivaut ainsi à un véritable engagement, le titulaire est donc tenu à l'égal du souscripteur. Il en est de même des cessionnaires intermédiaires, le transfert, en effet, d'une part, rend le cessionnaire débiteur personnel à l'égard de la Société, mais cela, sans libérer le cédant dont l'engagement subsiste, de telle sorte que chaque vente successive suivie d'un transfert amène un engagement nouveau, au profit de la Société, sans faire disparaître ou amoindrir les précédents.

Lorsqu'il s'agit de titres nominatifs, la Société a donc le droit de réclamer indistinctement à tous les titulaires successifs d'un même titre, qui figurent sur son registre des transferts, le montant des versements à effectuer, quelle que soit leur situation actuelle à l'égard du titre.

Si les obligations sont au porteur, qu'en est-il, et n'y a-t-il pas lieu de faire des distinctions?

1° Il s'agit du souscripteur, — sera-t-il tenu par le fait seul de sa souscription? sera-t-il indifférent de savoir s'il a ou non vendu son titre, l'engagement personnel résultant de sa souscription, si cet engagement est admis, subsistera-il malgré la vente?

Cette question est importante. Lorsqu'il s'agit d'actions, elle se pose différemment et elle se résout par des dispositions spéciales aux actions. L'action non libérée, en effet, est toujours nominative au début et ne peut pas être émise au porteur, serait-elle libérée de moitié. L'obligation au contraire peut être au porteur dès l'émission et quelle que soit la somme versée. A la différence de l'action, on peut donc dire que l'obligation n'a jamais eu de titulaire.

Quelle est donc la valeur de la souscription ainsi faite à des obligations au porteur, quelle est la nature de l'engagement ainsi pris, est-ce un engagement personnel; ce n'est qu'en fixant ce point que peut se résoudre la question!

Le doute naît évidemment de ce que le titre au porteur étant par lui même exclusif de tout engagement personnel, il en résulte que la Société ayant créé dès le début des titres au porteur peut être con-

sidérée comme n'ayant pas entendu demander aux
souscripteurs de ces titres un engagement différent
de celui qui découle naturellement du titre lui-
même.

Cette hypothèse se confirme par les précautions
diverses, prises généralement par la Société bien
plus à l'encontre du titre et par suite du porteur
quel qu'il soit, que du souscripteur personnellement.
C'est ainsi qu'à propos des obligations à lots, il est
stipulé que les obligations sur lesquelles des versements exigibles n'auront pas été effectués à la date
du tirage au sort des lots n'y participeront pas, et que
d'une façon plus générale, les obligations sur lesquelles les versements ne sont pas faits en temps
utile, et cela en vertu également d'une disposition
prévue au moment de l'émission, sont vendues à la
Bourse pour le compte de qui de droit.

Cependant si le bulletin de souscription signé par
le souscripteur porte un engagement précis et formel
d'effectuer les versements prévus pour la libération
du titre souscrit au fur et à mesure de leur exigibilité, et ne faut-il pas laisser de côté les présomptions
que nous venons d'énumérer et maintenir à cet engagement conformément aux principes généraux,
sans tenir compte de la nature du titre souscrit,
toute sa force.

Ce dernier point de vue nous paraît seul exact; car
bien que l'obligataire souscripteur ait entendu sous-
crire un titre au porteur, c'est-à-dire un titre ayant
une existence propre en dehors de la personnalité de
celui qui le possède, il n'en est pas moins vrai qu'il

a pris en même temps un engagement direct, personnel, d'opérer sur ce titre les versements stipulés, comment dès lors faire disparaître cet engagement.

Le souscripteur qui s'est engagé dans les conditions que nous venons d'indiquer doit donc être tenu personnellement de la libération du titre.

Mais s'il a vendu son titre avant la libération reste-t-il tenu; n'ayant plus le bénéfice qui en résultait, doit-il en supporter les charges?

Il faut encore trancher cette question pour l'affirmative. S'il est reconnu en effet qu'il est lié à l'égard de la Société par un engagement personnel, qu'importe la vente qu'il a faite du titre; cette vente à laquelle la Société est demeurée étrangère, ne saurait lui être opposable. C'est en sa qualité de souscripteur, en effet, qu'il est tenu et non en qualité de porteur. Or, s'il a cessé d'être porteur du titre, il n'est pas moins demeuré souscripteur, et par conséquent obligé dans les limites de l'engagement qui en découle.

Mais les porteurs intermédiaires, c'est-à-dire ceux qui, n'étant pas souscripteurs, ne sont même plus porteurs des titres, ceux en un mot, qui les ayant achetés après la souscription, les ont ensuite revendus, ceux-là ne sont point tenus, aucun lien quelconque ne les rattache à la Société, ils sont totalement inconnus d'elle, et ont d'ailleurs contracté absolument en dehors d'elle; à aucun titre elle ne saurait avoir recours contre eux.

Mais s'il s'agit d'un porteur actuel, c'est-à-dire d'une personne qui, ayant acquis postérieurement à l'émission, est restée en possession de son titre? Que doit-on décider?

A propos des actions, deux opinions bien tranchées partagent la doctrine et la jurisprudence. Pour la doctrine, le titre au porteur contient en lui-même tous ses droits et toutes ses charges, et ne les réfléchit pas sur la personne qui le détient, laquelle reste pleinement indépendante, de telle sorte que la propriété du titre au porteur ne crée à l'encontre de celui qui le détient aucun lien d'obligation. La jurisprudence décide au contraire que le porteur d'une action au porteur, d'une action non libérée, est tenu par le fait seul de la propriété du titre d'en exécuter les charges comme il bénéficie des avantages.

Empressons-nous de dire que la jurisprudence justifie cette opinion par des raisons qui ne se retrouvent pas, en ce qui concerne les obligations.

Si l'actionnaire, qui possède une action au porteur non libérée, est tenu à l'égard de la Société, c'est qu'il est par cela même associé de l'entreprise et que cette qualité d'associé ne lui permet pas de se soustraire aux conséquences de cette situation, situation privilégiée au regard de l'entreprise et grâce à laquelle il participe non seulement à sa direction et à son administration, mais aussi aux bénéfices qu'elle peut produire.

Pour l'obligation, rien de semblable; une somme a été prêtée, les intérêts de cette somme doivent être payés à des échéances déterminées; le montant du prêt doit être remboursé dans des conditions précisées à l'avance, et c'est tout; le titre qui le constate reste indépendant de la personne, c'est à ce titre seul que la Société doit l'intérêt et le remboursement, c'est le titre seul, sauf l'engagement personnel du souscripteur s'il a été pris, qui doit exécuter les charges sans lesquelles il n'est point admis à bénéficier des avantages qui viennent d'être indiqués.

En ce qui concerne la nature de l'obligation qui frappe à l'égard de la Société les divers porteurs d'un même titre, qui sont tous tenus comme dans le cas de porteurs successifs d'une même obligation nominative, on peut dire qu'elle est « *in solidum,* » c'est-à-dire que sans qu'il existe entre les divers obligés un lien de solidarité légale, la Société n'en conserve pas moins le droit d'agir à son gré contre tous ou l'un quelconque et pour le tout — ce droit peut être exactement comparé à celui qui appartient au porteur d'une lettre de change à l'encontre des endosseurs successifs.

Relativement aux recours, que pourraient avoir à exercer entre eux les divers porteurs, par suite des ventes effectuées, faisons simplement remarquer qu'il faut appliquer les mêmes principes que pour les actions non libérées ; ces principes, en effet, se rapportent exclusivement à la nature de titres au porteur qui est la même dans les deux cas et de titres non libérés qui figurent également dans l'une et l'autre hypothèse ; contentons-nous d'indiquer qu'à tort selon nous, la jurisprudence refuse tout recours du vendeur à l'encontre de son acheteur en remboursement des versements, qu'il a pu, par la suite être obligé d'effectuer, par cette seule raison qu' « il est de l'essence du titre au porteur de ne créer aucun lien entre les porteurs successifs, vendeurs et acheteurs, entre les mains desquels il n'a fait que passer sans laisser de trace. »

Droits du syndic ou du liquidateur.

Nous sommes ainsi arrivés en ce qui concerne les questions qui naissent des obligations non libérées à la seconde catégorie, c'est-à-dire aux questions ayant trait aux rapports entre les obligataires et les représentants de la Société après faillite ou même liquidation.

Il n'y a plus à proprement parler qu'une question mais de beaucoup la plus importante, celle qui seule est réellement appelée à se présenter avec ses conséquences extrêmement graves, dans la pratique et dont la solution nous préoccupe particulièrement.

Jusque-là nous avons parlé de la Société agissant, fonctionnant, et nous avons essayé de fixer la portée et l'étendue des charges incombant aux obligataires relativement aux sommes non versées sur les titres possédés par eux.

Mais que décider dans le cas où la situation de la Société n'est plus entière, si elle est en état de faillite par exemple.

Quelle sera alors, laissant de côté les questions accessoires de titres nominatifs ou au porteur, de souscripteurs, de titulaires successifs, intermédiaires ou derniers porteurs, car il est bien évident que si l'engagement subsiste à l'égard du syndic, cet engagement ne portera que sur les mêmes personnes, qui étant considérées comme tenues vis-à-vis de la Société le seraient encore à l'égard de son représentant; quel sera, disons-nous, le droit du syndic et que restera-t-il des engagements contractés par les obligataires relativement aux versements non encore effectués?

Lorsqu'il s'agit d'actions, la faillite ne modifie pas sensiblement la situation des porteurs d'actions non libérées; tenus au regard des créanciers du montant total des sommes restant à verser sur leurs actions, débiteurs directs de ces derniers dans la mesure du montant non encore versé sur leurs titres, ils ne peuvent qu'obéir au syndic lorsque ce dernier les somme de libérer leurs actions; loin de les décharger d'une telle obligation, la faillite, au contraire, en faisant apparaître un passif à éteindre immédiatement exigible, n'a fait qu'en précipiter l'exécution.

Voyons s'il en est de même pour les obligataires :

Rappelons, à cet effet, les principes posés au début. L'actionnaire est un associé, l'obligataire est un créancier : si la Société a un passif, des dettes à payer, c'est à l'actionnaire à y faire face jusqu'à épuisement de sa mise; mais l'obligataire, c'est un créancier, les créanciers ont-ils à pourvoir aux besoins de la faillite? mais c'est pour eux, au contraire, que le syndic va faire appel à toutes les ressources de la Société. — Et les obligataires, loin d'apporter des ressources nouvelles, vont produire à la faillite pour le montant des obligations dont ils sont porteurs.

Sans doute, dit-on, mais, avant tout, le syndic va réclamer l'exécution des engagements de chacun, afin d'assurer l'égalité pour tous, et ce n'est que lorsque ces engagements seront remplis qu'interviendra un règlement général ; les obligataires seront tenus de faire les versements non encore effectués, ils produiront ensuite pour la totalité du montant fixé pour les obligations et ils toucheront au *prorata*.

Voilà bien la véritable question. — L'obligataire qui serait tenu vis-à-vis de la Société, l'est-il également, après la mise en faillite de la Société, à l'égard du syndic, d'opérer les versements restant à faire sauf à produire en conséquence ? ou, au contraire, peut-il exciper de la situation nouvelle dans laquelle se trouve la Société, pour refuser d'exécuter ses engagements ?

On voit que la situation est tout autre que celle qui existe à l'égard des actionnaires ; c'est à l'aide des principes généraux seuls qu'il faut en rechercher la solution.

Précisons encore davantage la situation de l'obligataire : En ce qui concerne le montant des sommes déjà versées sur les obligations qu'il détient, il est créancier. En ce qui concerne les sommes restant à verser, qu'est-il vis-à-vis de la Société ? il était bailleur de fonds, tenu de verser aux époques déterminées les sommes qu'il s'était engagé à prêter à la Société ; parce que la Société est en faillite, ne serait-il donc plus tenu envers son syndic, qui est son représentant, d'exécuter des engagements pris antérieurement à la faillite ?

Ne pourra-t-on pas dire en effet que, par l'engagement pris au moment de l'émission, l'obligataire est devenu immédiatement débiteur du montant total de l'obligation souscrite, débiteur à terme si l'on veut, mais débiteur définitif. — Qu'ainsi, la somme promise est entrée dès ce moment dans le patrimoine de la Société qui a pu en disposer, l'aliéner, la transporter, qu'elle est ainsi devenue le gage des créanciers, et que les événements qui ont pu suivre la souscription sont en conséquence demeurés sans influence aucune sur la partie de l'engagement contracté?

Raisonner de la sorte, ce serait, selon nous, dénaturer complètement l'acte qui a créé le lien de droit entre les obligataires et la Société, c'est-à-dire la souscription. Ce serait créer arbitrairement pour l'une des parties contractantes, c'est-à-dire l'obligataire, une situation défavorable qui ne résulte ni de la convention, ni de l'acte en lui-même, ni de l'intention présumée des parties et qui n'est justifiée par aucune considération essentielle?

L'obligataire est un prêteur, un prêteur qui verse au moment où la convention réciproque prend naissance, une partie de la somme faisant l'objet du prêt, et s'engage à verser le surplus au fur et à mesure de l'arrivée des époques convenues.

En échange de son engagement, il ne faut point l'oublier, la Société promet à son tour, d'une part le paiement des intérêts au taux convenu des sommes prêtées et le remboursement du capital dans des conditions déterminées à l'avance. Presque toujours, le capital remboursé est supérieur au capital fourni ; de là l'expression employée d'obligations à primes ou même d'obligations à lots lorsque, le taux de remboursement n'étant ni uniforme, ni pour un certain nombre d'obligations en rapport avec le prix d'émission ou le taux nominal du titre, ce taux constitue en réalité bien plus un lot qu'un remboursement.

Il y a donc à la fois dans l'acte de souscription, des engagements réciproques qui constituent un contrat synallagmatique, et un ensemble de combinaisons qui font que les obligations mutuelles qui pèsent sur chacune des parties ne peuvent être envisagées comme étant exécutées isolément ou séparément sans que l'opération n'en paraisse aussitôt comme absolument dénaturée.

C'est un contrat synallagmatique, avons-nous dit, ce point est-il contestable et peut-on soutenir que le prêt fait par l'obligataire à la société ne crée pas à la charge de cette dernière des obligations réciproques?

Et si c'est un contrat synallagmatique, pourquoi n'appliquerions-nous pas l'article 1184 du Code civil. Nous n'avions contracté à l'égard de la Société qu'en vue de l'exécution par elle de ses engagements, c'est-à-dire du paiement des coupons et du tirage au sort des lots ou des obligations à rembourser. Par son fait, elle s'est mise dans l'impossibilité d'accomplir cette obligation, nous sommes déliés de notre engagement, nous avons le droit d'en demander la résolution.

Et c'est en vain qu'on invoquerait l'état de faillite

pour prétendre que s'il est vrai que l'obligataire a droit au remboursement du montant de sa souscription, il ne peut l'obtenir qu'au marc-le-franc, comme tout autre créancier, et qu'en réservant et s'attribuant les sommes restant à verser sur son engagement, sauf à produire uniquement, par les sommes déjà versées, il se ferait ainsi une situation privilégiée ; il doit suivre, en effet, la condition des autres créanciers, en ce qui touche la partie de ses engagements déjà exécutés, les sommes ainsi versées en exécution de ses engagements sont définitivement entrées dans le patrimoine de la Société et se sont confondues avec lui, mais quant au surplus, la condition résolutoire qu'il a le droit d'invoquer ne lui permet pas seulement d'en exiger le remboursement même immédiat, mais a pour effet d'annuler et de faire disparaître complètement l'engagement lui-même.

Ce résultat n'est-il pas d'ailleurs de tous points conforme aux règles de l'équité? Comment admettre qu'un capitaliste, qui n'a consenti à prendre l'engagement de prêter telles sommes fixées entre lui et la Compagnie à telles époques convenues, qu'en vue d'un intérêt à percevoir ou d'un gain à réaliser sur son capital par suite de chances de primes ou des lots, promises par la Société, reste tenu d'exécuter cet engagement alors que la Société n'est plus en mesure, et par son fait, d'exécuter le sien, — ne serait ce pas l'assimiler à un véritable débiteur des sommes qu'il s'est engagé à prêter alors qu'il n'est en réalité qu'un bailleur de fonds, qu'un simple prêteur, ce qui est absolument différent?

Mais veut-on faire une assimilation, qui est très exacte, c'est la comparaison entre la situation de l'obligataire et celle du banquier qui a consenti une ouverture de crédit. Supposez la faillite de l'emprunteur. Le syndic, sauf le cas où il aurait été disposé par le failli avant le jugement de déclaration et d'une façon spéciale, du montant du crédit ouvert, pourrait-il contraindre le banquier à verser le solde du crédit non épuisé? Assurément non.

En outre, le Code de commerce, au chapitre *de la Faillite*, n'a-t-il pas prévu d'ailleurs une situation absolument analogue? C'est le cas où des marchandises ayant été vendues à un commerçant, celui-ci tombe en faillite avant d'en avoir reçu la livraison. Quel est alors le droit du vendeur? Sera-t-il obligé de livrer ces marchandises vendues, sauf à produire pour le prix? Non, l'article 577 nous dit qu'il pourra les retenir et que le syndic ne pourra exiger l'exécution du marché qu'en payant le prix intégral. Or, quel est le fondement de cette disposition de l'article 577, si ce n'est la résolution qui résulte, au profit de l'une des parties, de la non exécution par l'autre de son obligation.

Notons en effet, qu'il ne s'agit pas là seulement de l'exercice du simple droit de rétention. Il est de principe en effet que le vendeur n'est pas tenu de se dessaisir de la chose vendue et non encore délivrée, si l'acheteur ne lui en paye pas le prix, quand la vente a été faite au comptant. Mais l'article 577 s'applique également, la vente eût-elle été faite à terme, parce que depuis le contrat une modification essentielle a été apportée dans la situation de l'une des parties qui peut faire légitimement craindre à l'autre partie l'inexécution de l'obligation qu'elle a stipulée en retour. L'état de faillite de l'acheteur met en péril le recouvrement du prix et cela suffit.

De ce rapprochement ne résulte-t-il pas manifestement qu'il y a lieu de faire à ces deux situations quasi-identiques du commerçant qui a vendu mais n'a point encore livré et du bailleur de fonds qui a promis de prêter mais n'a pas encore versé la somme promise, l'application des mêmes règles. Encore faut-il remarquer que la situation de l'obligataire est même de beaucoup plus favorable; car tenu de fournir à une date déterminée une marchandise « *in genere* » de l'argent, il n'en a pas transféré par avance la propriété à la Société qui a émis les obligations, tandis que le négociant qui a vendu une marchandise précisée, déterminée, un corps certain, en a réellement transféré la propriété à l'acheteur, à tel point que les risques ont été désormais pour le compte de ce dernier.

En résumé, la situation de faillite, dans laquelle la Société est tombée, depuis l'émission des obligations, en modifiant d'une façon essentielle la situation des parties, a du même coup renversé les conventions et détruit le contrat conclu à la souscription. La Société est désormais dans l'impossibilité d'exécuter les conditions en vue desquelles le souscripteur s'était engagé à lui verser, au fur et à mesure des échéances convenues, le montant des obligations par lui souscrites, comment pourrait-on soutenir que, ne pouvant remplir ses engagements, elle ou ses représentants puissent cependant exiger que l'obligataire remplisse les siens?

D'ailleurs, aux termes de l'article 444 du Code de commerce, la faillite prononcée rend immédiatement exigibles toutes les dettes à terme du failli. Que dire de la situation de l'obligataire, c'est-à-dire du bailleur de fonds, qui s'est engagé à prêter à une époque déterminée et dont la créance à en résulter est d'ores et déjà exigible, avant même que le versement du montant du prêt ait été opéré par lui, sinon que l'obligation du prêt est éteinte par l'exigibilité même de la créance à en résulter; comment concevoir, en effet, un prêt sans terme? L'exigibilité de la créance à naître a rendu impossible l'exécution de l'engagement de prêter et le contrat se trouve résolu.

Ces motifs ne sont-ils pas suffisants pour faire décider d'une façon absolue qu'en cas de faillite l'obligataire pourra toujours opposer au syndic, si le paiement des versements non encore effectués au moment de la faillite, lui est réclamé, une fin de non-recevoir tirée de l'état de faillite de la Société et de l'impossibilité où elle est désormais de faire face à l'obligation qui la concerne comme aussi de l'exigibilité survenue de la créance qui pourrait résulter du prêt dont on exige la réalisation, exigibilité qui a pour effet d'anéantir l'obligation elle-même.

Nous n'hésitons pas, quant à nous, à le décider ainsi, toute autre solution nous paraîtrait contraire aux principes généraux, et obtenue arbitrairement et en dehors d'une base juridique vraiment sérieuse.

Il en serait de même en cas de liquidation, par le motif que, comme en cas de faillite, la Société, par son fait, ne serait plus en mesure de faire face à son obligation, ce qui doit amener la résolution des conventions.

BAR-LE-DUC, IMPRIMERIE CONTANT-LAGUERRE.